AF456712

VENTE
du Lundi 16 Mars 1914
HOTEL DROUOT, SALLE N° 10
A 2 H. 1/2 PRÉCISES

EXPOSITION PUBLIQUE
le Dimanche 15 Mars 1914
DE 2 A 6 HEURES

Tableaux Modernes

AQUARELLES, DESSINS

TABLEAUX ANCIENS

CADRES

COMMISSAIRE-PRISEUR
Me Robert BIGNON
EXPERT
M. F. MARBOUTIN

IMPRIMERIE
C. CHAUFOUR
6-8, RUE MILTON
PARIS

CATALOGUE

DES

TABLEAUX MODERNES

PAR

Appian, Boggs (Fr.), Boulard, Charpin, Chintreuil
Couder, Delpy (H.-C.), Deshayes (Eug.), Doré (Gustave)
Français, Guigou (Paul), Guillaume (Albert)
Hersent, Japy, Le Roy (J.), Ménard (R.), Monginot, Monticelli
Richet (Léon), Roqueplan, Simonidy
Timmermans, Toudouze, Vayson, Wilhems, Ziem, etc.

AQUARELLES, DESSINS

PAR

Boudin, Decamps, Delacroix, Guirand de Scevola, Güys (C.)
Helleu, Héreau (Jules)
Méry, Rivoire, Sée (M.), Surand, Willette, etc.

TABLEAUX ANCIENS

CADRES DORÉS

DONT LA VENTE AURA LIEU A PARIS

HOTEL DROUOT — SALLE N° 10

Le Lundi 16 Mars 1914

A 2 HEURES 1/2 PRÉCISES

Me Robert BIGNON	M. F. MARBOUTIN
COMMISSAIRE-PRISEUR	PEINTRE-EXPERT
41, Rue de la Victoire	2, Rue de Marseille

EXPOSITION PUBLIQUE

Le Dimanche 15 Mars 1914, de deux heures à six heures

CONDITIONS DE LA VENTE

Elle sera faite au comptant.

Les acquéreurs payeront *dix pour cent* en sus des enchères.

DÉSIGNATION

TABLEAUX MODERNES

AQUARELLES. DESSINS

ANONYMES

1 — Marine.

Toile. Haut. : 0m27 ; Larg. : 0m35.

2 — Pêches et raisins.

Toile. Haut. : 0m26 ; Larg. : 0m35.

3 — Chemin à la lisière d'un bois.

Panneau. Haut. : 0m14 ; Larg. : 0m24.

APPIAN (Adolphe)

4 — Environs de Lyon.

Toile. Haut. : 0m42 ; Larg. : 0m27.

ATTENDU (F.)

5 — Poires et pommes.

Toile. Haut. : $0^{m}27$; Larg. : $0^{m}35$.

ANDOUZE

6 — Le Bouquet de printemps.

Toile. Haut. : $0^{m}46$; Larg. : $0^{m}56$.

BARRIAS (F.)

7 — Après la bataille,

Toile. Haut. : $0^{m}25$; Larg. : $0^{m}26$.

BOGGS (Frank)

8 — Vue d'un port.

Toile. Haut. : $0^{m}39$; Larg. : $0^{m}55$.

BOUDIN (E.)

9 — La Plage de Trouville.

Aquarelle. Haut. : $0^{m}16$; Larg. : $0^{m}25$.

10 — Sur la plage.

Aquarelle. Haut. : $0^{m}11$; Larg. : $0^{m}17$.

BOULARD

11 — Les Musiciens ambulants.

Carton. Haut. : $0^{m}24$; Larg. : $0^{m}19$.

BOURBON DE BRAGANCE (Prince)

12 — Marché aux oranges (Maroc).

Aquarelle. Haut. : $0^{m}20$; Larg. : $0^{m}26$.

CALDÉRON

13 — Lever de lune sur la lagune. Venise.

Panneau. Haut. : 0m27; Larg. : 0m35.

CAMPRIANI

14 — Le Marchand d'amulettes.

Toile. Haut. : 0m25 ; Larg. : 0m20.

CAUCHOIS (E. H.)

15 — Poissons et crustacés.

Toile. Haut. : 0m46 ; Larg. : 0m38.

16 — Intérieur de cuisine.

Toile. Haut. : 0m46; Larg. : 0m38.

CAZENAVE (De)

17 — Portrait de jeune fille.

Dessin rehaussé. Haut. : 0m33 ; Larg. : 0m26.

CERSA

18 — Plage de l'Orzan (Corogne).

Carton. Haut. : 0m33; Larg.: 0m24.

19 — Paysage de l'Ile de Madère.

Carton. Haut. : 0m33; Larg. : 0m24.

20 — Ruisseau sous bois.

Carton. Haut. : 0m33; Larg. : 0m24.

21 — Montagnes dans l'Ile de Madère.

Carton. Haut. : 0m33; Larg.: 0m24.

22 — Paysage à Bragança (Portugal).

Carton Haut. : 0m33; Larg. : 0m24.

CÉSAR DE COCK

23 — Sous-bois.

Panneau. Haut. : 0^m31 ; Larg. : 0^m19.

CHARPIN (A.)

24 — Moutons au pâturage.

Panneau. Haut. : 0^m33 ; Larg. : 0^m41.

CHINTREUIL

25 — Le Soir.

Toile. Haut. : 0^m22 ; Larg. : 0^m40.

CORBINEAU (CH.)

26 — Entrée de village.

Panneau. Haut. : 0^m33 ; Larg. : 0^m24.

COROT (Attribué à)

27 — Sous-bois.

Papier marouflé sur toile. Haut. : 0^m46 ; Larg. : 0^m32.

COUDER (A.)

28 — Fleurs.

Toile. Haut. : 0^m35 ; Larg. : 0^m27.

COULON (L.)

29 — La Lettre.

Carton. Haut. : 0^m19 ; Larg. : 0^m15.

DANTAN

30 — La Famille du marin.

Toile. Haut. : 0^m57 ; Larg. : 0^m46.

DARCY (D.-M.)

31 — Cour d'auberge un jour de marché.
Panneau. Haut. : 0m16; Larg. : 0m22.

DAVID

32 — Bords de rivière.
Toile. Haut. : 0m24; Larg. : 0m35.

DECAMPS

33 — Les Chasseurs.
Dessin mine de plomb. Haut. : 0m20; Larg. : 0m26.

DELACROIX

34 — Croquis.
Cachet de la vente.

35 — Page d'études.
Cachet de la vente.

36 — Études.

DELPY (H.-C.)

37 — Marine. Hollande.
Toile. Haut. : 0m60; Larg. 0m73

DESHAYES (Eug.)

38 — Coin de port.
Panneau. Haut. : 0m26; Larg. : 0m19.

DORÉ (Gustave)

39 — Allégorie.
Toile. Haut. 1m; Larg. : 1m30.

DROLLING (Attribué à)

40 — La Tricoteuse.

Toile. Haut. : $0^{m}46$; Larg. : $0^{m}38$.

DUPRÉ (Attribué à JULES)

41 — Paysage, effet du soir.

Panneau. Haut. : $0^{m}16$; Larg. : $0^{m}31$.

DUPRÉ (Attribué à VICTOR)

42 — Vaches à l'abreuvoir.

Panneau. Haut. : $0^{m}16$; Larg. : $0^{m}28$.

DUPRÉ (Genre de VICTOR)

43 — Paysage.

Toile. Haut. : $0^{m}17$; Larg. : $0^{m}22$.

DU PUIGAUDEUN (J.)

44 — La Salute. Venise.

Toile. Haut. : $0^{m}60$; Larg. $0^{m}73$.

ÉCOLE MODERNE

45 — Marine.

Aquarelle. Haut. : $0^{m}41$; Larg. : $0^{m}61$.

ÉCOLE MODERNE

46 — Chasse à courre.

Panneau. Haut. : $0^{m}18$; Larg. : $0^{m}26$.

ÉCOLE FRANÇAISE

47 — Portrait de l'Impératrice Joséphine.

Panneau. Haut. : $0^{m}21$; Larg. : $0^{m}17$.

48 — Réunion Galante.

Toile. Haut. : 0m46; Larg. : 0m38.

ÉCOLE FRANÇAISE DE 1830

49 — Nu.

Toile. Haut. : 0m32; Larg. : 0m24.

ÉCOLE DE 1830

50 — Coin de forêt.

Toile. Haut. : 0m27; Larg. : 0m35.

51 — Biches sous bois.

Panneau. Haut. : 0m24; Larg. : 0m33.

ECOLE FRANÇAISE de 1830

52 — La Famille.

Toile. Haut. : 0m19; Larg. : 0m28.

53 — Paysage.

Aquarelle. Haut. : 0m19; Larg. : 0m26.

54 — Don Quichotte et les Moulins à vent.

Panneau. Haut. : 0m46; Larg. : 0m56.

55 — Vue de ville.

Aquarelle. Haut. : 0m20 : Larg. : 0m13.

FAVEROT (J.)

56 — Combat de boxe.

Panneau. Haut. : 0m35; Larg. : 0m27.

FLERS (Attribué à C.)

57 — Paysage.

Toile. Haut. : 0m32; Larg. : 0m46.

FRANÇAIS

58 — Sous bois.

Toile. Haut. : 0^m32; Larg. : 0^m24.

GIMON

59 — La Prairie (Dordogne).

Panneau. Haut. : 0^m28; Larg. : 0^m41.

60 — Bords de rivière.

Toile. Haut. : 0^m30; Larg. : 0^m36.

GŒNEUTTE (Norbert)

61 — Sur la Jetée.

Toile. Haut. : 0^m56; Larg. : 0^m39.

GRANVILLE (Attribué à)

62 — Les Dévaliseurs.

Aquarelle.

GROBON (Frédéric)

63 — Vue de Saint-Malo, marée basse.

Toile. Haut. : 0^m44; Larg. : 0^m65.

GUIGOU (Paul)

64 — Une Mare à Cernay. Soir.

Panneau. Haut. : 0^m26; Larg. : 0^m40.

GUIGOU (Attribué à Paul)

65 — Cour de château.

Toile. Haut. : 0^m37; Larg. : 0^m29.

66 — Marée basse.

Carton. Haut. : 0^m19; Larg. : 0^m33.

GUILLAUME (ALBERT)

67 — Important panneau décoratif représentant le maître Rodin, Picard, Bouvard, etc.

Toile. Haut. : 0m80 ; Larg. : 2m00.

GUIRAND DE SCEVOLA

68 — Vieille femme.

Dessin rehaussé. Haut. : 0m19 ; Larg. : 0m26.

GUYS (CONSTANTIN)

69 — Réception à la cour du roi Ferdinand (Naples).

Lavis à l'encre de Chine. Haut. : 0m15 ; Larg. : 0m14.
Provient de la collection NADAR.

HELLEU

70 — La Lecture.

Dessin aux deux crayons. Haut. : 0m46 ; Larg. : 0m54.

HÉREAU (JULES)

71 — Le Veilleur de nuit.

Dessin. Haut. : 0m20 ; Larg. : 0m26.

HERSENT (L.)

72 — Anne d'Autriche et les Princes pendant la Fronde.

Toile. Haut. : 0m33 ; Larg. : 0m40.

HOWLAND

73 — Bohémienne.

Toile. Haut. : 0m33 ; Larg. : 0m24.

JAPY

74 Paysage.

Panneau. Haut. : 0m19; Larg. : 0m24.

LANOUE (H.)

75 — La Moisson.

Pastel. Haut. : 0m34; Larg. : 0m54.

LEGRIP (E.)

76 — Marée basse (Bretagne).

Panneau. Haut. : 0m18; Larg. : 0m35.

LEPIC (Vicomte)

77 — Le Repas du singe.

Toile. Haut. : 1m32; Larg. : 0m98.

LE ROY (J.)

78 — Le Supplice de Tantale.

Toile. Haut. : 0m27; Larg. : 0m22.

79 — Fils unique.

Toile. Haut. : 0m35; Larg. : 0m27.

MAINCENT (G.)

80 — Boulevards extérieurs.

Toile. Haut. : 0m30; Larg. : 0m40.

MARIOTON

81 — Marée basse.

Toile. Haut. : 0m73; Larg. : 0m92.

MAUPERTUY (M.)

82 — Fleurs et fruits.

Toile. Haut. : 0^m55; Larg. : 0^m46.

MENARD (RENÉ)

83 — Vaches à l'abreuvoir.

Toile. Haut. : 0^m37; Larg. : 0^m56.

MÉRY

84 — Les Cygnes.

Aquarelle. Haut. : 0^m48; Larg. : 0^m36.

MESLIN

85 — Chiens.

Toile. Haut. : 0^m50; Larg. : 0^m62.

MIRO (G.)

86 — La Rue de la Paix et la Colonne Vendôme.

Panneau. Haut. : 0^m16; Larg. : 0^m24.

87 — La Place des Victoires.

Panneau. Haut. : 0^m22; Larg. : 0^m27.

88 — Le Marché aux Fleurs de la Cité.

Panneau. Haut. : 0^m24; Larg. : 0^m33.

MONGINOT (G.)

89 — Les Singes cuisiniers.

Toile. Haut. : 0^m46; Larg. ; 0^m33.

MONTICELLI (A.)

90 — Lavandières au bord de l'Huveone.

Panneau. Haut. : 0^m27; Larg. 0^m35.

MONTICELLI (Attribué à)

91 — Fleurs dans un vase.

Toile. Haut. : 0m46; Larg. : 0m38.

MONTICELLI (Genre de)

92 — Italienne.

Panneau. Haut. : 0m22; Larg. : 0m16.

MORIN (Gustave)

93 — Les Présents.

Toile. Haut. : 0m59; Larg. : 0m73.

RICHET (Léon)

94 — La Meule.

Toile. Haut. : 0m53; Larg. : 0m78.

RIVIÈRE (De)

95 — Deux paysages.

Aquarelles.

RIVOIRE (Fr.)

96 — Sur le Lac de Côme.

Aquarelle. Haut. : 0m27; Larg. : 0m35.

ROQUEPLAN (C.)

97 — Les Vendanges.

Toile. Haut.: 0m55; Larg.: 0m43.

ROSSI (D'après)

98 — Réunion dans un parc.

Fac-simile.

ROSIN (E.)

99 — Parisienne.

Toile. Haut. : 0m60; Larg.: 0m45.

ROTH (S.)

100 — Scène Louis XIII.

Panneau. Haut. : 0m20; Larg. : 0m17.

ROUSSEAU (Attribué à TH.)

101 — La Cascade.

Toile. Haut. : 0m40; Larg. : 0m30.

ROUSSEAU (Ecole de TH.)

102 — Chemin en forêt.

Toile marouflée sur carton. Haut. : 0m18; Larg. : 0m27.

SAUZEAU (HUBERT)

103 — Les Petits Baigneurs.

Toile. Haut. : 0m50; Larg. : 0m61.

SÉE (MATHILDE)

104 — Fleurs.

Aquarelle. Haut. : 0m34; Larg. : 0m46.

SERRE (Attribué à ANTONY)

105 — Petite Fille.

Toile. Haut. : 0m35; Larg.: 0m27.

SCHULZ (AD.)

106 — Mare à Barbizon.

Panneau. Haut. : 0m22; Larg. : 0m27.

SIMONIDY

107 — Après le bain.

Toile. Haut. : 0m69; Larg. : 0m48.

SORLAIN (J.)

108 — Vieille Rue à Saint-Malo.

Panneau. Haut. : 0m34; Larg. : 0m24.

109 — Coin de marché. Normandie.

Panneau. Haut. : 0m27; Larg. : 0m35.

STEVENS (Attribué à JOSEPH)

110 — Chiens

Panneau. Haut. : 0m49; Larg. : 0m38.

SURAND (G.)

111 — Pêcheur vénitien.

Aquarelle. Haut. : 0m35; Larg. : 0m28.

TASSAERT (Attribué à)

112 — Offrande à Bacchus.

Toile. Haut. : 0m81; Larg. : 0m47.

TIMMERMANS (L.)

113 — Entrée du port. Honfleur.

Panneau. Haut. : 0m25; Larg. : 0m35.

114 — Soleil couchant en mer.

Panneau. Haut. : 0m18; Larg. : 0m27.

TOUDOUZE (S.)

115 — Le Golfe de Gênes.

Panneau. Haut. : 0m31; Larg. : 0m44.

VAYSON (P.)

116 — Moutons au pâturage.

Toile. Haut : 0^m31 ; Larg. : 0^m48.

VERNET (Attribué à H.)

117 — Les Deux amis.

Toile. Haut. : 0^m25 ; Larg. : 0^m32.

VERNON (P.)

118 — Lisière de forêt.

Toile. Haut. : 0^m24 ; Larg. : 0^m32.

WILHEMS (J.)

119 — Le Palais Ducal et le bassin Saint-Marc. Venise.

Panneau. Haut. : 0^m14 ; Larg. : 0^m22.

120 — Le Quai à Saint-Mandrier. Provence.

Toile. Haut. : 0^m41 ; Larg. : 0^m33.

VUILLEFROY (De)

121 — Étude.

Panneau. Haut. : 0^m16 ; Larg. : 0^m24.

WILLEMS (F.)

122 — Entrée de château.

Panneau. Haut. : 0^m25 ; Larg. : 0^m20.

WILLETTE (A.)

123 — Sur la Butte.

Dessin rehaussé

ZIEM

124 — Portrait d'homme.

Toile. Haut.: 0m31; Larg. : 0m23.

125 — La Tour de Savone.

Toile. Haut. : 0m17; Larg. : 0m14.

126 — Un cadre contenant neuf aquarelles chinoises.

MINIATURE

127 — La Musique.

TABLEAUX ANCIENS

ÉCOLE FLAMANDE

128 — La Partie de cartes.

Panneau. Haut. : 0m23 ; Larg. : 0m32.

ÉCOLE FLAMANDE FIN XVIIIe SIÈCLE

129 — Scène de cabaret.

Panneau. Haut. : 0m25 ; Larg. : 0m32.

130 — L'Ivrogne.

Panneau. Haut. : 0m25 ; Larg. : 0m34.

131 — Dans la cave.

Panneau Haut. : 0m24 ; Larg. : 0m32.

132 — Propos galants.

Panneau. Haut. : 0m21 ; Larg. : 0m24.

ECOLE FRANÇAISE FIN DU XVIIIe SIÈCLE

133 — Paysage animé de personnages.

Panneau. Haut. : 0m43 ; Larg. : 0m54.

ÉCOLE FRANÇAISE XVIIIe SIÈCLE

134 — L'Hiver.

Toile. Haut. : 0m35 ; Larg. : 0m44.

135 — Le Messager.

Panneau. Haut. : 0m27 ; Larg. : 0m21.

NETSCHER (Ecole de)

136 — Les Fruits convoités.

Panneau. Haut. : $0^{m}37$; Larg. : $0^{m}28$.

PRUD'HON (Attribué à)

137 — La Vierge.

Toile. Haut. : $0^{m}70$; Larg. : $0^{m}50$.

VERNET (École de Joseph)

138 — L'Orage.

Toile. Haut. : $0^{m}35$; Larg. : $0^{m}44$.

CADRES

139 à 152 — Environ quarante cadres dorés de différents styles.

Sera divisé.

RED. :

20

graphicom

379.89.70

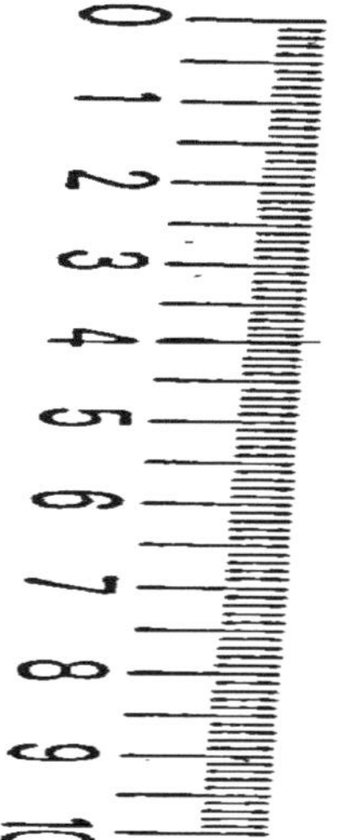

MIRE ISO N° 1

NF Z 43-007

AFNOR

Cedex 7 - 92080 PARIS-LA-DEFENSE

www.ingramcontent.com/pod-product-compliance
Ingram Content Group UK Ltd.
Pitfield, Milton Keynes, MK11 3LW, UK
UKHW022147260726
13993UKWH00005B/2219

9 782329 320137